春天不在春天街

hikari series

林禹瑄

PROJECT POEM_SPRING

目次

遺失地址的旅店

房303 012
房501 014
房602 016
房105 018
房302 020
房107 022
房207 024
房603 026
房402 028
房403 030
房201 032
房601 034

房606［036］
房401［038］
房106［040］
房204［042］
房404［044］
房405［046］
房205［048］
房306［050］

光景一樓

在我們小心摺疊的房間［056］
動身［060］
然後你到了這裡［064］
在莫斯科街［068］

露西小姐「072」
他說下星期一起到基希涅夫「078」
冥王星世代「082」
所有人都起飛了只剩他在原地「088」
我不能說「094」
密室習字「100」
在開元路口「104」
理想的下午「108」
大馬士革「116」

光景二樓

在一個晴朗的末日早晨「122」
春天不在春天街「126」

九月〔130〕
決心〔134〕
煮炭〔138〕
病歷表〔142〕
小雪〔146〕
二月〔150〕
錯身〔154〕
在塔森街〔158〕
二十七〔162〕
長日〔166〕
不在〔170〕

光景六樓

星期天你到蒙巴薩［176］
在砂島［180］
在瓦達爾河［184］
在島上［190］
在北海［194］
在青島東［198］
在米特羅維察新橋上［202］
在鼓嶺［208］
在牛角灣［212］
在大澳［216］
在軒尼詩［220］
在自由廣場［224］
半途［228］

遺失地址的旅店

房304〔234〕
房305〔236〕
房104〔238〕
房505〔240〕
房504〔242〕
房307〔244〕
房301〔246〕
房605〔248〕
房507〔250〕
房206〔252〕
房407〔254〕
房202〔256〕

房203〔258〕
房503〔260〕
房102〔262〕
房506〔264〕
房604〔266〕
房103〔268〕
房502〔270〕
房406〔272〕
房間〔274〕
後記〔284〕

遺失地址的旅店

房 303

「安放是艱難的。」
他說，把自己摺得更薄
嵌進一只領帶夾
精準如一張字跡模糊的便箋
從遠方遞入一個門縫

房 501

「別走，」此生不再相見以前
「我只剩一個問題：」他的聲線
寬廣、曲折，像龜裂的荒原
「哪種孤獨更為經久——
一把沒有鎖的鑰匙
還是一道沒有鑰匙的鎖？」

房602

「身體的邊界是意念
的邊界是遺忘的夢裡
邊界一點一點綳裂的繩子」
她坐在她不曾存在的影子裡
感覺被命運擁有
並且富足

房 105

「假如此去沒有盡頭
我將經歷的
是日復一日的墜落
還是徒勞的移動？」

往下跳之前
他拋出最後一個問題
忽然有了失去的欲望
只是再也沒有
沒有什麼可以丟棄

房302

為了更準確的
沉默、停留、凋亡
而記得所有歪斜的
發聲、移動、生活

他張口吐出一些錯字：
漬油、症液、勃礙
嗓音堅定，握緊手上的錶
在一個滿是鐘擺的房子裡
找不到可供校準的時間

房 107

「在那裡我們幾乎曾經活過。」
櫥櫃深處，兩只碎裂的杯子
緊挨著彼此
不敢顫抖

記得將自己裝滿，記得漏掉
記得你零星的眼神被風吹散
而不感到疼痛

房 207

「最最穩固的關係
都始於互為器皿。」

睡眠與夢
藥片與肉體

某日他清空了所有情緒
用最溫柔的姿勢
把自己摺進行李箱裡

房 603

塑膠花盛開
的時候我便想起
遙遠的村莊裡有人
曾在冬天收留
我
與我發燙的前額
在後院種下一具屍體
某場雨後便有了芽[註]
潔白、冰冷
肋骨一樣堅硬地曲折

註：出自T.S. 艾略特〈荒原〉：
That corpse you planted last year in your garden,
Has it begun to sprout? Will it bloom this year?

房402

平庸的相對論：
重複點燃受潮的紙菸
只為養成完美的信念——
日日扭曲的煙圈；我誠實
且日日日健壯的心

房403

顫抖的本質：
風吹過的時候錯覺
曾經一起活過
——那時所有樹葉像心臟一樣跳動
她站在森林深處
一個人，禁不住咧開嘴巴
笑得像一具骷髏

房201

晝夫也止勺衣吉里戈門晝夫勺

孙宗毗舜而居

虛度時光一種：
耗費整個夏天
養好一個火山形狀的傷口

燃燒而腐爛
美麗而疼痛
我一個人
不忍消逝的豔火

房 601

我理想的生存：
在旱季來臨以前
耗盡所有想像
讓手心長出草

翠綠、柔軟、茂密
對於所有踐踏
都那樣樂意

房 606

一切都僅僅為了
被挖掘，被充填
被重複穿透
一切都僅僅為了
在最最緊密的觸碰裡
感到擁有，繁殖
一個失去盡頭的洞

房 401

有時噩運認得我
像我在空曠街道上
一面清潔如洗的鏡子裡
認出一張陌生的臉

草綠色的前額
土黃色的顴骨
天藍色的下唇

它說我愛你
在我眼裡不住褪卻、消散的
平庸的風景

房 106

深夜，她再度撥打
手背上字跡潦草的號碼
再度不經意地談及死亡

「我感覺
有落葉在我的身體裡不斷生長。」

話筒另一端天正在亮
有陽光遠遠穿過密林
要將誰刺傷

房204

如此我也能感到滿足——
掏空自己，買下
一個柔軟的房間
準備好赴約的表情
不讓人知道

大街上，一塊豐腴的肉
正緩慢腐爛——
精緻的，延遲的，局部的死
不經意要被誰踩過

房404

碎石再過去是
粗礪的果核再過去是
新生的冬青再過去是
一點一點鋒利的
乾涸的沼澤

雷雨開始之前
他在淩厲的曠野上極力奔跑
快得像一片枯葉
抖擻地被風捲過

房 405

「比愛更堅硬的
是宇宙深處一顆行星上
不斷下陷的冰層。」
冬日末尾，一隻失了喙的候鳥
飛回原地，告訴我這個祕密

我知道有什麼正在分解——
她龜裂的鎖骨
我一點一點模糊的齒痕

房205

他將瞳孔放回眼睛
為下一個情人
預備好最慷慨的愛意：

我願意讓你睡盡
我一生僅剩的夏日。
交換過最後一個眼神
我失去所有光亮
而你正從一個永夜的夢裡甦醒

房306

無人的街道上我們相遇
像兩只被擲的骰子
偶然地碰撞，分開
偶然地又同時停在
命運最低的位置

「別怕，那個我們看不見的賭徒
還相信著愛的必然
而不肯悔悟。」

光景一樓

在我們小心摺疊的房間

最後一次談及你
像告別一個終日暴雨的夏天
所有雨傘都長著哀傷的姿勢
寫一封長長的信
假裝有所經歷，有所寬慰
摺疊好的情緒裡
有更為明朗的語氣

談及你，最後一次
來到假期末尾，週日午後失眠
打破水杯，丟掉襪子、手機
關上門，徹底成為無用的人
想像遙遠的街上有人相遇

隔鄰有人離開
從此不再相見，拼湊一些故事
從此都有完整的輪廓
用黏好的杯子喝水
感到日子有所損漏
在我們小心摺疊的房間
最後一次拘謹、堅決
坐下來，敲打自己
找一個裂縫

動身

冬天來臨的時候
想為你種植一座森林
在大雪的深夜
點亮所有燈火，一個人
坐在屋子的中心
安安靜靜
等一個壞消息

遠方是黑的很好
一個人
發光很好
想像各種形狀美麗的夢境
落在年輕的枯枝上

美麗的下墜很好
美麗的死亡很好
想像遠方有人目睹一切
並且永不遺忘

深夜，大雪落在
為你種植的
乾枯的森林，這樣很好
一些苦難被掩埋
一些祕密就此消散
你的恥骨滾燙
安安靜靜
在燈火的中心

等一個壞消息

然後你到了這裡

然後你到了那裡
執意把路走遠，把風景走散
折好所有手指的關節
像牢牢抓緊一個目的
你還有不知疲倦的頭髮
和朦朧的嗓音
著迷於搬弄深奧的詞彙譬如
希望和失望，哪裡和那裡

我停在這裡，頭髮落了一地
一再錯聽明日的天氣
將自己站成你愛過的那把扇子
一面是鳥，另一面是鳥籠

只是再也不敢轉動
你說：橡樹林、火堆、海岸線。
我以為你說的是：
軟木塞、煙圈、流沙牆。
你以為你說的是：
迴旋舞、黑洞、無錨船。
然後你到了這裡。

在莫斯科街

「如果你終於找到城市裡
唯一落雪的街，街道上
唯一溫暖的酒館
坐上吧台唯一的空位
忽然感到孤獨……」

別慌，在莫斯科街
所有人都曾受困於同一場暴雪
在不同的夢境裡
因為寒冷
而擅於擁抱、相愛
而失去誠實的眼神

如果一生終將說一個謊
證明受騙是必須的
樂意也是必須
如果準備說一個謊
在莫斯科街，獨居的律師每日準時
出門，打開空蕩的信箱
像一條善良的狗
那樣幸福

「別慌，如果你忽然
感到孤獨
在吧台唯一的座位，世界上
唯一溫暖的酒館

唯一落雪的街
侷促如雪地裡一枚骯髒的鞋印
靜靜等待融化……」

露西小姐

世界忽然柔軟起來
露西小姐，妳是不是也曾
在踏進別人鞋印的時候
感覺自己無可挽回的
扭曲的腳趾
總是下陷得更多一點
而我們現在從同一個
舊鞋盒捲成的洞裡
吸氣，吐氣
一切公平，躺在碎石滿佈的河谷
像躺進海裡。露西小姐
有時我也願意忘記
自己醜惡的臉

像忘記遠方的戰爭
用犯錯的表情笑
用收穫的表情哭
因為在他人的悲劇裡擁有一句對白
而感到幸運
露西小姐，我願意
反覆抵達一座城市
然後忘了地名
寫完一本過厚的書
卻想不出標題
走在妳總是擦身而過的那條岔路上
耗盡一生的陽光
將陰影虛擲成好看的樣子

他說下星期一起到基希涅夫

「我不懂如何區分
恐懼和希望的形狀，但是」
他說，我們剛剛
和二十個遺失住址的
陌生的。靈魂。一起
出門，進門
踩回各自的鞋印
抵達時間新的摺痕
感到徒勞、安心
而有了多餘的意圖：
銀冷杉。星象。愛。
有人艱難地開口，他說
聲音像海

而我在彼岸
看見字詞與字詞輕巧地錯過像帆
而不帶遺憾
但是最好的命運也不過是
他說下星期。一起。到
基希涅夫，在共產主義巨大的傾頹的陰影裡
感覺有所失去，一起
在基希涅夫，找到一扇最貧瘠的窗
重新成為有信仰的人
回到此刻，他說，新年第一個小時
遠方有地面正在下陷
另一個遠方有人照常在死
「但一切不過是順序。」

譬如承諾與謊言，
鐘擺與錨，一個故事的
結尾與起始
因為最壞的命運不過是
他說。我們。到
基希涅夫，遺棄
一切不及堆積的
雪忽然下成了雨
甚至不能一起摔成碎片
甚至不能一起消失

冥王星世代

那時我們背向世界
尚且還是明亮的樣子
擁有易燃的頭髮、粗糙的額頭
極願意與遠方的人碰撞、摩擦
極願意在夜裡打火
假裝溫暖、親愛
也極願意想像死亡
每天走不同的路
回相同的家，養一缸魚
記得所有聲口的名字
都有相似的面貌：
永恆與哀愁、理想與絕望

那時我們口音端正
尚且守時，戴各種形狀的錶
在手上留下崎嶇的疤
偶爾碰觸了彼此，輕輕畏疼
以為人生最艱險不過如此
定期掉淚，定期感到寒冷
定期安靜地龜裂
幾乎相信自己是牆
堅實、蒼白
也無所謂感傷

那時我們尚有靈光
寫輕快的口號、甜蜜的詩

信仰重複與背誦，信仰幸福
耗費日光最好的早晨
抄寫晦澀而美麗的句子
建造幾個銅像
給他們敦厚的表情
逐日行禮，便無有仇恨、
恐懼與殺戮；嶄新的時代
我們偏愛冒險與正確
讓自己天真，讓自己安全
遠行到隔鄰的城鎮
尋找一張複製的唱盤
標準圓形，可以反光
彷彿不存在的暗號

在陰影裡大聲合唱：
加入人群是好的。
加入人群然後
感到孤獨
也是好的。

那時我們尚且快樂
擁有一個星球
可以自轉，一個國家
可以愛
在瞎眼的房間裡
尚且過著日子
洗衣、交媾、燒飯

想像遠方戰事更迭、旗幟升落
頭低一些，便有和平
每天褪去一點顏色
便足以原諒善忘的世界
我們尚且忠貞，眼神鋒利
謹守夢與命運的疆界：
落葉是一邊，自由是一邊
石頭是一邊
子彈是另外一邊

所有人都起飛了只剩他在原地

所有人都起飛了
只剩他在原地
踱步、眨眼、點打火機
用燙傷的手指
摩擦一些冰冷的欲望
他看見地板還是地板
牆還是牆，牆上倒映的自己
還是討人厭的長相
住在荒原一樣的房子
發出空洞的聲響
「什麼也沒有發生。」
沒有斑斕的火焰、吃人的花
也沒有一根柔軟的樹枝通往宇宙深處

帶回人生的謎底——
他還有問題，但沒人回答
所有人都起飛了

只剩他在原地
嘗試燃起熄滅的草原
他踱步、眨眼、點打火機
相信同樣的頻率
重複一些無用
就能讓自己變得有用
比如讀共產主義，喝零卡可樂
比如相信平凡
能讓人安全、幸福

「但什麼也沒有發生。」
沒有逆行的指針、發光的記憶
也沒有膨脹的星系安靜吞沒
一生的遺憾與憂鬱
他知道世界出了問題
不知道自己錯在哪裡
他保持沉默。所有人都說
沉默是對的

然而所有人都起飛了
只剩他在原地
踱步、眨眼、點打火機
繼續誠誠懇懇地呼吸

「什麼也沒有變好。」
他剝一片口香糖
把自己愈嚼愈薄
感到孤單
並且多餘
但不露出失望的樣子
一分鐘還是六十秒，遠方還是遠方
站到陽光底下
還是會有許願的念頭
所有人都起飛了
留下最好的生活
他把灰燼收進口袋
有時澆水，有時放火

雨天來的時候
只有他藏有祕密
只有他看得到新長的蘑菇

我不能說

路已經走到盡頭我不能說
遠方的海灘
只有更黑的天色我不能說
柔軟的雲都在下沉，善良的眼神
都懷有惡意我不能說
去見你的時候
搭一節失速的車廂
冰冷鐵軌上有人側臥
等待永夜降臨
我不能說

這是最壞的未來
炮彈落在醜陋的房子上

像血落進火裡
我不能說，陰影裡的人
把自己裝進黑色的箱子
渴望一個帶刺的擁抱
我不能說
看不見你的時候
爬上一棵瀕死的樹
做遍所有鮮豔的夢
寂寞令我快樂我不能說
殺戮令我安全我不能說
我不能說，黑暗的海灘上
殘忍的鬼

也流紅色的眼淚
我不能說，沒有人願意說謊
沒有人願意點燈
相信瞎眼的人
都特別誠實
我不能說，必要的時候
換一個羞恥的表情
恨所有畸形的人
必要的時候我也愛你
前往世界夜晚較長的那邊
路走到盡頭我不能說
有人因此而死我不能說
無家的鳥落在豐收的田裡

我不能說

密室習字

——給Y

「時間最嚇人的謎底
是我們曾在那裡」
抄寫未及讀完的書，抄寫日子
在陰暗的季節裡
關上窗，相信窗外
有更好的風景譬如面對
那些陌生艱澀的字
揣度各種錯誤
且美好的讀音
練習捲舌，練習有所曲折
練習踮腳、眺望
我曾在那裡，相信所有荒謬的情節
都有合理的解釋

終有一天也能像妳
端坐下來，抄寫一個反覆修改的句子：
「時間最嚇人的謎底……」
「是我們還在這裡」
抄寫各自的祕密
成為有所故事的人
關上窗，放心失去鑰匙
放心生活不過
是一個書習多年的別字
惡意、安靜
和我一起輾轉遷徙
密室到密室，而妳仍在隔鄰

春天不在春天街

在開元路口

你依然可以是個小孩
梳直頭髮
穿潔白的襪子
讀看不懂的書
徘徊在離家最近的巷口
覺得自己還不夠髒
不夠正直，對於明天
不夠樂觀，面對遠方又
不夠親愛
你趴下，用幾個銅板
逗弄一隻狗
保持最純粹的善意
像世界曾經逗弄你那樣

給你一點聲響
讓你趴下，等待一列火車
向你靠近，以為終會有人
向你靠近
而不曾穿過
你潔白的襪子長出了洞
在獨居的巷口
慢慢變老、變矮
依然可以是個小孩
偶爾不為什麼地哭

理想的下午

1

相信日子是這麼過的：
理想的下午帶你
到一座島最美的草地
所有葉子都向陽
被吹拂，被伸展
被席地而坐
擁有脆弱最好的姿態
最好的紅和最好的綠
坦然而易傷，最好的顏色
最好的幸福往往猝不及防

2

最好的幸福往往猝不及防
在理想的下午，騎一輛破舊的車
轉動輪軸如同日子
相偕經過一條街、一排晚榕
一個隱隱躁動的城市
經過沒有表情的人、小孩
和他們的狗，感到陌生
並且安心：

所有對於世界的疏離
都僅僅為了見證我們的親密

3

為了見證我們的親密
搭上一列火車，分處兩頭
試圖看見彼此
而有了穿越人群的勇氣
在理想的下午
穿越一個冬季、核電廠
和一個灰黯的小鎮
牽手壓抑一些邪惡的念頭
朝海逼近，看海朝遠方逼近遠方
朝我們逼近我們
朝彼此逼近
試圖無話可說

4

無話可說的時候我們只是做夢
面對面，縮起四肢
像路邊最無辜的小孩
在理想的下午忽然
置身一個嶄新的宇宙
想像善良的人都有奇異的面孔
可以寬容、微笑
想像我們親吻、擁抱
而不致於羞慚
在最擁擠的廣場上大聲歌唱

5

在最擁擠的廣場大聲歌唱
有人聽見了，給予回聲
就足以成為一種邂逅
在理想的下午走長長的路
開啟千百個無關的話題
只為證明自己的忠貞

向一個不在場的人表白：「我愛他，
喝完十杯水還渴那樣
愛他。」

6

當我們不意談起
愛情，在理想的下午
和陽光一起流落街頭
談起所有美麗的房子
都有我們不能理解的內裡

日子是這麼過的
帶你到最美的草地，看你
入睡在我最美的草地
看風吹動你新長的鬍鬚
柔軟、強壯，輕輕顫動
像最不畏艱險的心

大馬士革

——給G、F和J

他們要回到大馬士革
擁抱碎裂的酒瓶、門窗
和更為寬廣的天空
他們不笑不哭，有時遠眺
在異邦的陽台上
跳笨重的舞，唱輕快的歌
沒有人提起戰爭，沒有人說謊
他們要回到大馬士革
跳海、挖洞，帶一雙舊鞋
蓄長長的鬍子
走長長的路，讓所有時間
回到大馬士革，抽一壺水煙
吐甜膩的夢

包裹好自己，從此平安
無有哀傷，他們逐日進食、禱告、
買樂透，雙手放進最深的口袋
在別人的戰場上
和命運對賭
搭同一班車，逐日落難
在不同的地名
用不流利的語言許願
回到大馬士革，破敗的花園裡
重新成為富人，重新去愛
無人的樓房，壞掉的世界
去相信神，他們沒有說謊
腋下有茴香酒的味道

在夢醒以前
典當所有表情
和最好的衣服，他們要
日出的時候一路逆流
走向光的盡頭
回到大馬士革

光景二樓

在一個晴朗的末日早晨

那時你要從一把歪斜的椅子
起身，繫好一個歪斜的領結
撫平睡皺的眉毛
讓自己看起來正直、樂觀
清清醒醒，彷彿剛剛離開
一個最最絕望的夢境

那時你穿一件褪色的花襯衫
要面向陽光，像生命裡唯一的春天
那樣綻放，感到破舊
並且富有
多好那時你再不要
想起崩塌的城市、墜樓的人

不要愛上許過的願
像抵達不了的
遠方血色的荒野

那時你要擁有幸福的人生
和不知悔悟的心
在明朗的世界裡，穿好外衣
讓每一顆鈕扣進到正確的洞裡
忘記所有犯過的錯
那時幾棵樹結好果子
幾座島沉進海裡
你要打開生鏽的門，走無人的街
不再想要往哪裡去

春天不在春天街

「那叢盛開的絡石必然
不屬於你。」黃昏，一個哀傷的女人
穿一件亮色花裙
在我空蕩的門廊裡
重複大喊一個祕密
她老了，聲音脆弱、堅定
像極我多難
而多疑的母親

那是五月，終日大雨
報上時有自殺的消息
她愛我，削短我的頭髮
把刀埋進花盆

撕去所有尖銳的書頁
「生活應該柔軟、無害。」
她說。為此我不再生火
不再煮食、點菸
要欲望醜的更醜，瘦的更瘦
要世界漆黑
吞沒我
如咽下一隻鏽壞的釘子

她愛我
為我做遍駭人的夢
當夢裡的雨水割傷眼睛
把自己摺到床底，低低地哭

那是五月，在春天街
人們套上最好的鞋，日日夜夜
向遠方奔走。那時絡石剛剛
長出鋒利的螺旋，戰爭剛剛開始點名
我住在母親一生漫長漫長的傷口裡
無法開口，無法不感到疼痛

九月

只是有時害怕
早晨起霧，霧裡有人
穿嶄新的鞋子
大聲質問你的去向

我沒有要走
沒有想安居的位置
對不起總是說得太遲
眼神薄弱
擋不住腳下凌厲的石頭

我只是害怕
有時說了早安

卻忘記醒來
每天悉心擦拭自己
卻不能被愛

九月大霧，霧裡有人
向我借火
點一支熄滅的菸
像我，忍不住高溫、燃燒
而徹底溼透

決心

世界總是這樣冷的。
想取暖的時候
點燃疤痕最深的輪胎
讓命運旋轉
讓自己受困
有不幸的臉
和醜陋的氣味

從此再不需要轉圜
在火焰熄滅之前
學會許更美麗的願：
四月大雪裡碰撞、相愛
如兩枚堅硬的冰

一起墜落
一起消失

煮炭

我想我可以這樣過活
在地底擁有一面鏡子
天氣晴朗的時候
記得自己陰暗的樣子
我可以這樣
低著頭，假裝自己不醜
不計較走了多遠的路
我用力踏步，把腳甩乾
相信前方有人願意為我
燃燒、點火
我可以赤裸全身
只剩一只凍僵的手錶
惟恐吵醒世界

而不敢顫抖

我可以這樣
錯過所有時間
哀傷的那張臉從來沒有變老
我可以把自己摺好
露出最絕望的顏色——
我可以走了很久
我可以哪裡也抵達不了

病歷表

始終是這樣艱澀的事：
日子隱隱作痛，在氣溫陡降的城市
行走、說話，緊守一種想念
以及不起眼的死亡
遲緩、陰鬱，像你指甲上
經年染上的菸灰
逐漸成為不可稍離的殘缺
是這樣艱澀的事：有人相愛
有人樂於傷害，有人戀上一隻手指
因為一道深邃的疤
如同我形狀美好的憂傷
沉默度日，不癢不痛
在冬夜的密室裡，偶爾想點火

抽一支菸，重新擁有惡意
甜蜜的企圖
像我們曾說好要一起死
這樣艱澀的事：我離開空蕩
久病的床，遇見一個隱喻
打開緊鎖的門遇見下一個隱喻
穿上不成雙的襪子
和你磨破的鞋
還在那裡，走過一個刺骨的季節
甚至不能把自己走丟
甚至不能感到疼痛

小雪

後來所有驚喜
都成了固執的氣候
有人下白色的雪
有人把雪踩髒
有人燒完最後一根火柴
在夢裡一無所有

我依舊穿很薄的鞋子
鞋底還有紋路
我相信公平
還捨不得失望
還有愛
踩過冰的時候也會碎裂、疼痛

也會有融化的念頭
我還有小而堅實的視野
相信一無所有
這季節，總有人要冷
要變得透明
不走路的時候
還以為自己是火

二月

我也曾許願
擁有良善的念頭
在失去日光的早晨
記下所有沮喪的鞋底
發出堅實的聲響
踏過我的頭頂
我有一只柔軟的眼睛
要愛上一個遠方的春天
當積雪融化，浸溼書頁
要為了每個讀不懂的字
深深感到歉疚

我也曾大聲喊叫

讓不幸的人摀起耳朵
聽不見更壞的消息
在地下的房間，整個雪季
為了理解更偉大的
精巧的謊言
面對骯髒的天窗
反覆背誦：
礪岩。冥王法則。萬神殿
直到有人從傷心的夢裡醒來
眼神清澈，像最深的冬夜裡
一無所有的
冰封的湖泊

也曾假裝凍傷了嘴唇
假裝相信
在書架下生一盆火
就可以放心保持沉默
當積雪融化，春天的日照
拉長高樓與雕像的陰影
我也曾抬起額頭
像一個終要徒勞的暗號：
那時遠方有花正要盛開
只是不能為我所愛

錯身

雪落下的時候我還在等待
自己最好的境遇
用凍僵的乳房
餵養一些惡意
要牠們無辜地生長
像最殘酷的肉食植物

我還記得
秋天在墓園裡一起做過愛的人
不再來信，夏天抽過的菸
蛆一樣爬進我的身體
而春天，春天有人對我說
永遠都會有更好的境遇

更好的境遇是
我來到冬天
模仿一株倖存的向日葵
盡力挺直背脊
雪落下的時候
就沒有人看到
一個不斷腐爛的黑洞
的內裡
就沒有人懷疑
我已經死去

在塔森街

幾乎要是最最快樂的
那個季節，在塔森街
陽光總是落在
對街最髒的窗戶上
蒔蘿葉總是枯黃的樣子
我們總是飢餓，擁抱的時候
總是低頭，相信所有陰影
都帶有幸福的暗示：
最最快樂的煙囪、爐火
及其灰燼
最最快樂的
那盞熄滅的燈，那床，那截菸
試圖點燃你眼裡緊閉的

那落衣櫃，衣櫃裡
一張摺了又摺的
過期彩券。在塔森街
每天正午，上鎖的門後
有人來來回回
踢著罐頭，規律、空洞
空洞得讓人心動——
最最溫柔的撞擊
最最快樂的受難
為了獲得最最清潔的預感
逐日打開明天的格子
吞下所有顏色的藥片
為了正確的誤解

聽見你說：我愛——
幾乎要是最最快樂的

二十七

甘心是這樣的：
在房子最黑的洞穴裡
重複擁有失明的預感
早晨醒來，忘記自己
做過此生最好的夢

許願是這樣的：
穿上潔白的襪子
讓身體顯得更髒
帶著眼淚，穿過整片沙漠
耗盡一生
去見一個夢裡的好人

決心是這樣的：
買一面破碎的鏡子
逐日對視
直到長出另一張臉
爬進最深的洞穴
砍下畢生想念的頭顱
善良地對他說
「我不愛了。」

殘忍是這樣的：
踏過火一般的落葉，像涉一條河
相信所有心碎
都有讓人溫暖的本意

世界燃燒起來的時候
握緊冰冷的手指
做唯一溼透的人

長日

如此我便也感到幸福
在不透風的房間裡
安靜做完一個漆黑的夢
醒來，看見陽光正好
正好照亮臉上所有深邃的疤

如此我便也
不再記掛疼痛
站進一件華麗的裙子
在胸前燒幾個形狀飽滿的洞
感到堅強、赤裸
像漫漫白日裡
一枚碎裂的燈泡

在曠野一樣的房子裡
懸掛終日
等待一個被人愛上的念頭
而不知疲倦
等待大旱降臨的時候
走長長的路
到遠方豐饒的城市
掏光口袋，買一個預言：
如此我便也

遍野感到
幸福。耗費整個夏天
在向光的窗戶上

來回抄寫幾個哀傷的字
等待有人從相似的夢裡走來
停下腳步
我看見他向我微笑
我知道他看不見我

不在

但那又怎麼樣呢我將在
空無一人的曠野上
醒來，想起此刻
為了更理解虛構的命運
而倒著看每一部電影
為了精準地表達情緒
使用發音總是出錯的外國語
交談，花費許多年
聽懂一句蹩腳的笑話：

她想要做一個好人但是
那不可能
因為我在她裡面。而我將在

空無一人的曠野上
醒來，想起她說
「我把盆栽忘在冷凍庫裡」時
的表情。我如此樂於寬慰人
但她又說：「沒關係，
我的心也凍在旁邊。」

她有著永不腐敗的信念
但那又怎麼樣呢我們
反覆互相穿過而
無法看穿，我將在
空無一人的
曠野上

醒來，想起曾經
算好時候，養一隻貓
為了和他一起死
為了不在夢裡得到太美好的預言
而徹夜不睡

她在這裡為了不在
所有人都在的那裡，但我將在
空無一人的曠野上醒來
想起她曾將一塊冰擁抱成水
在黑色的沙丘上細細畫下
給貓玩耍的花園
但那又怎麼樣呢曠野上

我們急急奔跑
終要錯過自己的葬禮

光景六樓

星期天你到蒙巴薩

星期天你到蒙巴薩
帶上最堅硬的箱子
裝滿破碎的手錶
走在形狀尖銳的路上
感覺安全、完整
而重新有了願望
你反覆立好衣領，反覆
唱一首輕快的歌：
世界越冷漠、殘忍
你越快樂

星期天你到蒙巴薩
遇見眼神憂傷的人

對他們微笑，一條初生的狗
那樣誠懇
握緊一截斷了又斷的筆
在背海的房間
寫一封長信：
他們不懂
不懂人生

人生是心中有海，海上
有人愛你。是預備好的
星期天，繫緊割腳的鞋
堅定如一隻離群的象
穿過預備好的荒原

對熄滅的蠟燭許願：人生是——
你不戴錶，穿上最好看的襪子
忘記了腳上的疤
以及時間。慢慢，慢慢地走
如果星期天你到蒙巴薩

在砂島

我傾向那些較為邊陲的幸福
在砂島，目睹一棵棕櫚
長出金色的葉子，擺盪、伸展
如你柔軟的手指
亟欲觸碰宇宙的中心
在砂島，我傾向失去屋頂
和你一起等雨，在黑暗裡
與未來對視，寫一些美麗
且勇敢的字
在你的後頸
與我的後頸之間
我傾向做看不見的人
試圖指認你顫抖的鼻尖

傾向一隻羞怯的甲蟲
以及容易著火的草
摩擦、纏繞、纖細、堅硬
安靜而熱切地焚燒
在砂島，傾向擁有一個膨脹的星系
放逐自己
成為彼此的中心

在瓦達爾河註

我不知道如何更適切地表達
我的愛與善良
在冰冷的河邊
目睹幾具屍體
而儘不掉淚，儘不畏寒
選一顆尖銳的石頭
坐下來，把給你的信
慢慢寫完

這是瓦達爾河，鋒利、深邃
而不帶憂傷的
瓦達爾河。我要這樣告訴你
用盡量工整的字體

精準的標點，告訴你
像岸上低垂的樹依序綻放、死亡
而毫無疲憊和苦痛
「跳！」他們說
「跳！」我想起你，整個夏天
毫不厭倦
墜下年輕的懸崖
越凶險
越感到快樂

我不知道如何更適切地表達
我的恐懼與愛
在河的另一邊

想像有人終於上岸
點燃最後的溼透的菸
蒸乾一些眼淚
從此忘記夢裡奔逃的方向
忘記沿途最黑暗的角落
都有傷心的人來來回回
兜售自由

這是瓦達爾河，我坐下來
用顏色邪惡的墨水
寫下你比較正確的住址
——這是我所能關心的全部了
在瓦達爾河，相信水的公平

逆流的無意義，相信希望
是唯一可能的抵達
絕望的人背起絕望的房子
把一生都丟進水裡的
瓦達爾河

註：瓦達爾河位於希臘與北馬其頓邊界，為二〇一五年許多難民前往西歐的必經之路。

在島上

我們走下階梯，在島上
九月的早晨是一隻黑尾鷗撲翅盤桓
不忍離開，在無人的澳口
上岸，選擇一條沒有指標的路
穿過岩縫與日光、彈孔與山丘
穿過生鏽的刺網
和鋒利的草葉
穿過日子尖銳的間隙
走下階梯，沿途報數
沒有疼痛

在島上，失去陰影的
都是勇敢的人

洗衣曬衣，行走游泳
耗費一生造一座橋，跨一片海
或者鑿一個山洞
收好太過堅硬的酒罈，相信時間
會讓一切變得柔軟

相信有所等待
就是生活最好的姿態
有所疊積
就不致感到孤獨
相信所有漲漲落落也不過是
一座廢棄的坑道通向地底，日夜
抵抗著潮汐

在島上，我們逆光而下
穿過彼此的影子
看見一艘船從夜裡駛來
抵抗日出，一片海洋
抵抗一座島的想念
九月早晨，夏天抵抗霧季
有人站上懸崖做夢
有人坐著太久
就故意錯過了船班

在北海

漲潮的時候我們離開
這裡，冷冷淹沒的光線
離開溼皺的岩壁，岩壁上
安靜生鏽的爬蟲、摺痕
以及記憶，離開所有回音
受困水中
如一艘失槳的船——
我們沒人帶槳，離開這裡
感到有所遺棄，一座巨大的洞穴
緩緩下沉、下沉，祕密
而顯得完整
我們離開這裡，沒有擦肩

沒有錯過
數算潮汐漲落，設想
這樣的一生：如何窮盡日夜
鑿一個地道，如何謀畫一場戰事
成為遊客過境的樂園
如何宣告自己
徹底成為廢棄的人

在暗裡，尋找一個出口
通往最果決的懸崖
尋找所有未及引燃的火藥
都有受潮的面孔
相信躲藏是為了離開

相信持續挖掘
就能免於空洞
我們離開，穿著磨破的鞋子
感到嶄新、紮實彷彿
水面下有聲篤篤
時間還在最深的地底
鑿一個洞

在青島東

總是這樣走的，在青島東
占據陰影兩頭
朝一個不反光的方向
擁抱、碰撞，傾其所有
交換愛與憤怒

這樣地走，穿過圍牆和信仰、
雙黃線和拒馬，穿過一碗烏醋麵
和一排歇業的早餐店
同時感到饑餓與幸福

在青島東，唱一首不流淚的歌
給並肩行走的人；一首流淚的歌
給失去面孔的人

從此有所希望與絕望
占領一條路的兩頭
把自己越走越黑
在最深的夜裡
走入看不見的人群
坐下、喊叫、革命偶爾
偶爾傾其所有
答應誰要好好生活

在米特羅維察新橋上

註1

我知道我的悲傷
和你的悲傷並不等同
我們的悲傷
就好像
我做愛
你做愛
並不等同
我們做愛註2；
他虛度的一生
和她虛度的一生
不等同我們
虛度的一生

但為什麼有人
造了橋，我們就必須
相信一切
皆有關聯——
他們殺過的人
和他們愛過的人；
我的不幸
和你的幸運
為什麼
這岸陽光生出墓碑的影子
就此落在對岸的路牌上
而我穿過兩種陌生的語言
站到橋的中央

更加確定你不在
任何一邊

我知道一個橋墩
和一個橋墩
不等同一座橋
一半的身體
和一半的身體並不等同
一個身體
但只要我不斷
將自己切成兩半
一切就永遠沒有終點

註1：米特羅維察位於科索沃北部，長年有族群衝突。二〇一三年簽訂協議後，城市沿伊巴爾河分成塞爾維亞裔人聚居的北邊，以及阿爾巴尼亞裔人聚居的南邊。新橋是連接南北兩邊的少數通道之一。

註2：出自Bruce Nauman錄像作品《Good Boy Bad Boy》：I have sex / You have sex / We have sex / This is sex.

在鼓嶺

我們會有一幢漂亮的房子
和一個向陽的庭院
離開夏天，占據一座山頭
讓所有憂傷得以蔽蔭
在起霧的日子裡
朝谷底丟深色的石頭
放心去愛，去視而不見
我們會鑿一個深邃的池子
面對大敞的窗
以為常綠是美，透明
是自然，在冰冷的水裡
抵抗著火的世界
我們會有柔軟的影院、台球間

有七彩的燈照亮自己的臉
無有陰影，理所當然
成為一個有福的人
游泳、吃飯、做夢
蓋好長長的屋簷、深鎖的門
和高聳的圍牆
——牆上彩畫太美
躲雨的人都忘記了悲傷

在牛角灣

陽光慢了下來，在牛角灣
我也曾像這一整座村莊
背對天空，守一片海
端坐一種等待的姿態
——帆船、魚群、潮汐、砲彈
等待經過與離開
等待死亡一再擦肩，節慶輪替
如同岸邊的貝類
亙古、堅實
守著柔軟的內裡
我也曾換上聱口的名字
擁有模糊的面孔，錯過船班
迷失於生活錯綜的巷弄

等待時間擱淺如一只空瓶
飄洋抵達無人的沙灘：

最遠的家
最近的彼岸

在大澳

整座村莊的睡意晾在山頭
在大澳，溫柔的人
背對世界，在陰影裡
做放肆的夢
彷彿我跟隨海浪，踏上石階
站直自己
在午夜的街燈中央
成為唯一的人

在大澳，所有廢棄的屋樑上
都有盛開的花
所有不上鎖的門窗
都半掩一座安靜的海洋

我繫緊鬆脫的鞋，踏上石板
發出各種堅實的聲響
如同每一種理想的人生
彼此堆疊、鋪排
走過所有階梯，上上下下
回到原地，感到有所經歷

在大澳，夏日午夜
整座村莊背對世界
在陰影裡做夢
夢裡所有石階都有柔軟的胛骨
數著日子和浪頭
安靜得像要著火

在軒尼詩

最親密的時候也不過這樣
撐一把破洞的傘
吃同一個冰火菠蘿油
咀嚼一些溫暖的惡意
一些雨，一些多餘的願望：
一間劏房、一扇面海
卻看不見海的窗
保有一點點陽光一點點
侷促的欲念一點點
在軒尼詩，曾經想要擁抱
在陰影裡加入一個黨派
或一場遊行
沉默或者親密

相信一個說不出口的字
像一場四月的雨
下到十月
而有太多悲傷的意圖

在軒尼詩，有所承諾的人
都還在傘下
長出另一張臉
大雨過後，離開的人
收拾好氾濫的自己
成為荒原

在自由廣場

遲遲等一個壞消息

了失去的欲望只是再也沒有沒有什麼可以丟棄為了更準確的沉默、停留、凋亡而記得所有歪斜的發聲、移動、生活他張口吐出一些錯字漬油症
嗓音堅定，握緊手上的錶在一個滿是鐘擺的房子裡找不到可供校準的時間在那裡我們幾乎曾經活過櫥櫃深處，兩只碎裂的杯子緊挨著彼此不敢
得將自己裝滿記得漏掉記得你零星的眼神被風吹散而不感到疼痛最最穩固的關係都始於互為器皿睡眠與夢藥片與肉體某日他清空了所有情緒用
的姿勢把自己摺進行李箱裡塑膠花盛開的時候我便想起遙遠的村莊裡有人曾在冬天收留我與我發燙的前額在後院種下一具屍體某場雨後便有了
冰冷肋骨一樣堅硬地曲折平庸的相對論重複點燃受潮的紙菸只為養成完美的信念日日扭曲的煙圈我誠實且日日健壯的心顫抖的本質風吹過的時
曾經一起活過那時所有樹葉像心臟一樣跳動她站在森林深處一個人禁不住咧開嘴巴笑得像一具骷髏虛度時光一種耗費整個夏天養好一個火山形
口燃燒而腐爛美麗而疼痛我一個人不忍消逝的豔火我理想的生存在旱季來臨以前耗盡所有想像讓手心長出草翠綠柔軟茂密對於所有踐踏都那樣
切都僅僅為了被挖掘被充填被重複穿透一切都僅僅為了在最最緊密的觸碰裡感到擁有繁殖一個失去盡頭的洞有時噩運認得我像我在空曠街道上
潔如洗的鏡子裡認出一張陌生的臉草綠色的前額土黃色的顴骨天藍色的下唇它說我愛你在我眼裡不住褪卻消散的平庸的風景深夜她再度撥打手
跡潦草的號碼再度不經意地談及死亡我感覺有落葉在我的身體裡不斷生長話筒另一端天正在亮有陽光遠遠穿過密林要將誰刺傷如此我也能感到
空自己買下一個柔軟的房間準備好赴約的表情不讓人知道大街上一塊豐腴的肉正緩慢腐爛精緻的延遲的局部的死不經意要被誰踩過碎石再過去
的果核再過去是新生的冬青再過去是一點一點鋒利的乾涸的沼澤雷雨開始之前他在淩厲的曠野上極力奔跑快得像一片枯葉抖擻地被風捲過比愛
的是宇宙深處一顆行星上不斷下陷的冰層冬日末尾一隻失了喙的候鳥飛回原地告訴我這個祕密我知道有什麼正在分解她龜裂的鎖骨我一點一點
齒痕他將瞳孔放回眼睛為下一個情人預備好最慷慨的愛意我願意讓你睡盡我一生僅剩的夏日交換過最後一個眼神我失去所有光亮而你正從一個
夢裡甦醒無人的街道上我們相遇像兩只被擲的骰子偶然地在命運最低的位置別怕那個我們看不見的賭徒還相信著愛
而不肯悔悟我的孤寂好像他離開無人到場的簽書會掏光口袋找一支筆要在掌心寫一首詩曠野裡一個女人揣著她未成行的孩子壓低枯草般的背脊
夜趕赴一個沒有名字的港口完美對稱的祕密在於以歪斜抵抗歪斜左撇子的畫家挖出自己的右眼大風裡掛起一只破碎的風鈴不發出一點聲音他們
不盡然是受困比如幸福的人等待飢餓不幸的人等待等待飢餓的時刻如此公平在我上鎖的房間裡還有一把鑰匙無人可觸無人聞問我不知道為什麼
達這裡是的但是為什麼要死在這裡那是必然的不過為什麼我們的孤獨隔了一道牆就有了默契越疼痛就越親密為了不可再得的菸灰塑膠髮圈倦怠
劃開最脆弱的指節看血變髒看疤長全為了不可再得的耗盡一生理解一個悖論關上門以前派對上最後一個離席的人小心越過酒瓶崎嶇的碎片用被
神看我他如此善良寬容我如此不屬於這裡而如此幸福是我對世界最大的善意雨季裡耐心養大兩畦霉讓牠們放心地深邃放心地黑在陽光最好的日
最自然的受潮的眼神與瞎眼的人反覆相遇我還有足夠的樂觀忍受萬物生長他說咬去新生的指甲讓死皮包覆死皮結好一個光滑的繭春日新犁的田
個背影面朝東方腳趾蜷曲禁不住黑暗衰老像一個無法停止崩解的子宮更無謂的是去死的意念和死去的意念如早春在一根枯枝上急急蔓長他握緊
筆在濕透的紙上寫信更無謂的是生存的欲望擁有我像我一無所有失去回聲的山谷裡一株垂枝樺正賣力向下生長像她忍不住沉重的睫毛再壓低一
就抵達靈魂的背面生活的證據是養一缸魚每天把魚換到更淺的魚缸有所前進與停留為了逐日稀薄的我願意對待空蕩的夜晚如一座烤箱精準地燙
精準地烤壞每一個蛋糕在一切都太遲之後溫柔撿起焦黑的碎片放在斑斕的傷口上慢慢地燒於是所有錯失都有跡可循在遊行隊伍的盡頭的盡頭的
盡頭的盡頭的盡頭的盡頭的盡頭的盡頭倒吊在十字上的男人第七十七次打開窗子預備與誰對視我也曾懂得絕望在潔白的枕頭上看千萬張骷髏的
臉重複對我大喊生活在鏡子前換盡所有醜怪的面具儘量露出欣喜的表情記得唯一的台詞生活是甜蜜和平的幾何學兩條互不平行直線的盡頭必有
現他畫下整座城市的屋簷牆脊煤氣管線無法對齊的眼神話題警句為了那些無可避免的鋒利的交會反覆搬演受痛的表情如果我將眼球割成兩半你
身在上層或是下層的世界他完整不可分割的愛還安安靜靜端坐在各自孤獨的房間多好如果人生僅是一個夏天下午面朝陽光的草地上一隻來自極
無法不放心地攤開肚腹做完一個寒冷的夢多好如果所有分離都只是一塊冰忘了醒來而失去了身體他所能理解的死亡愛善良一點一點陷落的美德

無法不放心地攤開肚腹做完一個寒冷的夢多好如果所有分離都只是一塊冰忘了醒來而失去了身體他所能理解的死亡變善良一點一點陷落的美德一
身在上層或是下層的世界他完整不可分割的愛還安靜端坐在各自孤獨的房間多好如果人生僅是一個夏天下午面朝陽光的草地上一隻來自極地
說他畫下整座城市的屋簷牆脊煤氣管線無法對齊的眼神話題警句為了那些無可避免的鋒利的交會反覆搬演受痛的表情如果我將眼球割成兩半你更
臉重複對我大喊生活在鏡子前換盡所有醜怪的面具儘量露出欣喜的表情記得唯一的台詞生活是甜蜜和平的幾何學兩條互不平行直線的盡頭必有交
盡頭的盡頭的盡頭的盡頭的盡頭倒吊在十字上的男人第七十七次打開窗子預備與誰對視我也曾懂得絕望在潔白的枕頭上看千萬張骷髏的笑
精準地將壞每一個蛋糕在一切都太遲之後溫柔撿起焦黑的碎片放在斑爛的傷口上慢慢地燒於是所有錯失都有跡可循在遊行隊伍的盡頭的盡頭的盡
就抵達靈魂的背面生活的證據是養一缸魚每天把魚換到更淺的魚缸有所前進與停留為了逐日稀薄的我願意對待空蕩的夜晚如一座烤箱精準地燙
筆在濕透的紙上寫信更無謂的是生存的欲望擁有我像我一無所有失去回聲的山谷裡一株垂枝樺正賣力向下生長像她忍不住沉重的睫毛再壓低一點
個背影面朝東方腳趾蜷曲禁不住黑暗衰老像一個無法停止崩解的子宮更無謂的是去死的意念和死去的意念如早春在一根枯枝上急急蔓長他握緊一
最自然的受潮的眼神與瞎眼的人反覆相遇我還有足夠的樂觀忍受萬物生長他說咬去新生的指甲讓死皮包覆死皮結好一個光滑的繭春日新翠的田
神看我他如此善良寬容我如此不屬於這裡而如此幸福是我對世界最大的善意雨季裡耐心養大兩畦霉讓牠們放心地深邃放心地黑在陽光最好的日子
劃開最脆弱的指節看血變髒看疤長全為了不可再得的耗盡一生理解一個悖論關上門以前派對上最後一個離席的人小心越過酒瓶崎嶇的碎片用被遺
達這裡是的但是為什麼要死在這裡那是必然的不過為什麼我們的孤獨隔了一道牆就有了默契越疼痛越親密為了不可再得的菸灰塑膠髮圈捲曲感
不盡然是受困比如幸福的人等待飢餓不幸的人等待飢餓的時刻如此公平在我上鎖的房間裡還有一把鑰匙無人可觸無人聞問我不知道為什麼我
夜趕赴一個沒有名字的港口完美對稱的祕密在於以歪斜抵抗歪斜左撇子的畫家挖出自己的右眼大風裡掛起一只破碎的風鈴不發出一點聲音他們說
而不肯悔悟我的孤寂好像他離開無人到場的簽書會搗光口
運運第一個壞消息
詩曠野裡一個女人揣著她未成行的孩子壓低枯草般的背脊十
要種更醒無人的街道上我們相遇像兩只被擲的骰子偶然地撞·分開偶然地又同時停在命運最低的位置別怕那個我們看不見的賭徒還相信著變的
齒痕他將瞳孔放回眼睛為下一個情人預備好最慷慨的愛意我願意讓你睡盡我一生僅剩的夏日交換過最後一個眼神我失去所有光亮而你正從一個永
的是宇宙深處一顆行星上不斷下陷的冰層冬日末尾一隻失了喙的候鳥飛回原地告訴我這個祕密我知道有什麼正在分解她龜裂的鎖骨我一點一點精
的果核再過去是新生的冬青再過去是一點一點鋒利的乾涸的沼澤雷雨開始之前他在後屬的曠野上極力奔跑快得像一片枯葉抖擻地被風捲過比愛更
空自己買下一個柔軟的房間準備好赴約的表情不讓人知道大街上一塊豐腴的肉正緩慢腐爛精緻的延遲的局部的死不經意要被誰踩過碎石再過去是
跡潦草的號碼再度不經意地談及死亡我感覺有落葉在我的身體裡不斷生長話筒另一端天正在亮有陽光遠遠穿過密林要將誰刺傷如此我也能感到滿
讓如洗的鏡子裡認出一張陌生的臉草綠色的前額土黃色的顴骨天藍色的下唇它說我愛你在我眼裡不住褪卻消散的平庸的風景深夜她再度撥打手背
切都僅僅為了被控掘被充填被重複穿透一切都僅僅為了在最緊密的觸碰裡感到擁有繁殖一個失去盡頭的洞有時噩運認得我像我在空曠街道上一
口燃燒而腐爛美麗而疼痛我一個人不忍消逝的靈火我理想的生存在旱季來臨以前耗盡所有想像讓手心長出草翠綠柔軟茂密對於所有踐踏都那樣溫
曾經一起活過那時所有樹葉像心臟一樣跳動她站在森林深處一個人禁不住咧開嘴巴笑得像一具骷髏虛度時光一種耗費整個夏天養好一個火山形狀
冰冷肋骨一樣堅硬地曲折平庸的相對論重複點燃受潮的紙菸只為養成完美的信念日日扭曲的煙圈我誠實且日日健壯的心顫抖的本質風吹過的時候
的姿勢把自己摺進行李箱裡塑膠花在盛開的時候我便想起遠遠的村莊裡有人曾在冬天收留我與我發燙的前額在後院種下一具屍體某場雨後便有了芽
得將自己裝滿記得遍掉記得你零星的眼神被風吹散而不感到疼痛最穩固的關係都始於互為器皿睡眠與夢藥片與肉體某日他清空了所有情緒用畢
喙音堅定·握緊手上的鏡在一個滿是鐘擺的房子裡找不到可供校準的時間在那裡我們幾乎曾經活過櫥櫃深處·兩只碎裂的杯子緊挨著彼此不敢面
了失去的欲望只是再也沒有什麼可以丟棄為了更準確的沉默·停留·凋亡而記得所有歪斜的發聲·移動·生活他張口吐出一些錯字讀油漬

也曾有更廣闊的願望
比如燒燬一座森林
造一個廣場
在最不顯眼的位置
放幾面透明的牆
讓最窮困的人
說最微小的話
都有堅實的回聲

在自由廣場，失去住所的鴿群
每天沿著陰影
飛回遠方，遠方的人一無所有
一路背對陽光

抵達黃昏的廣場
有時撿拾麵包屑
有時撿拾羽毛
期待命運因此柔軟
下了雨又變得沉重
有時撿拾玻璃，滿手鮮血
而終於感到富有

黃昏，廣場中央
多夢的失眠患者持續演說
口吃連連，但不肯認錯
「我們的
自由的

天空。」
他指向牆的頂端，光的盡處
卦象不安的雲的後面
什麼也沒有

半途

已經是星期三。黃昏的鳥群飛過
帶著勝利的表情
他們肚腹飽滿，有家
在遠方金色的樹林
比較慷慨的那些
落下幾根羽毛
停在我汗溼的後頸

我也掉落東西
頭髮和菸灰一起
疊積在每天踏過的水溝蓋邊緣
也學習利己主義
深夜獨自走一條捷徑

路燈照亮第一顆露水的時候
記下反光的顏色
不讓其他人知道

我並不膽小，也不懶惰
只是走了很久，回到星期三
戴上最緊的帽子
在一樣的鏡子前面
成為一個無所失去的人
我的前額還能著火，腳趾
還能安靜地生長
偶爾對日子露出兇惡的眼神
踢翻一只生鏽的罐頭

看它沿著高高的圍牆的陰影
空空蕩蕩地
十分盡責地滾落

遺失地址的旅店

房304

「我的孤寂好像」
他離開無人到場的簽書會
掏光口袋找一支筆
要在掌心寫一首詩：

曠野裡，一個女人
揣著她未成行的孩子
壓低枯草般的背脊
七天七夜
趕赴一個沒有名字的港口

房305

「完美對稱的祕密在於
以歪斜抵抗歪斜。」
左撇子的畫家挖出
自己的右眼
大風裡掛起一只破碎的風鈴
不發出一點聲音

房104

他們說等待不盡然是受困——
比如幸福的人等待飢餓，
不幸的人等待
等待飢餓的時刻
如此公平，在我上鎖的房間裡
還有一把鑰匙無人可觸
無人聞問

房505

我不知道為什麼我會
「抵達這裡。」是的，
但是為什麼
「要死在這裡。」
那是必然的，不過
「為什麼」我們的
孤獨隔了一道牆
「就有了默契，」
越疼痛
「就越親密。」

房
504

為了不可再得的
菸灰、塑膠髮圈、倦怠感
重複劃開最脆弱的指節
看血變髒
看疤長全

為了不可再得的
耗盡一生
理解一個悖論

房307

關上門以前，派對上
最後一個離席的人
小心越過酒瓶崎嶇的碎片
用被棄的眼神看我

他如此善良、寬容
我如此不屬於這裡
而如此幸福

房 301

是我對世界最大的善意：
雨季裡耐心養大兩畦霉，讓牠們
放心地深邃，放心地黑
在陽光最好的日子
帶上最自然的
受潮的眼神
與瞎眼的人反覆相遇

房 605

「我還有足夠的樂觀
忍受萬物生長，」他說
咬去新生的指甲
讓死皮包覆死皮
結好一個光滑的繭

春日新犁的田裡，一個背影
面朝東方，腳趾蜷曲
禁不住黑暗、衰老
像一個無法停止崩解的子宮

房507

更無謂的是
去死的意念和
死去的意念
如早春
在一根枯枝上急急蔓長

他握緊一截鉛筆
在滲透的紙上寫信：
「更無謂的是……」

房 206

「生存的欲望擁有我
像我一無所有。」

失去回聲的山谷裡
一株垂枝樺正賣力
向下生長
像她忍不住沉重的睫毛
再壓低一點背脊
就抵達靈魂的背面

房407

生活的證據是
養一缸魚，每天
把魚換到更淺的魚缸
有所前進與停留。
為了逐日稀薄的——

房202

我願意對待空蕩的夜晚
如一座烤箱
精準地燙傷自己，精準地
烤壞每一個蛋糕

在一切都太遲之後
溫柔撿起焦黑的碎片
放在斑爛的傷口上
慢慢地燒

房
203

於是所有錯失都有跡可循：
在遊行隊伍的盡頭的盡頭的盡頭
的盡頭的盡頭的盡頭
的盡頭的盡頭
的盡頭
倒吊在十字上的男人第七十七次打開窗子
預備與誰對視

房503

我也曾懂得絕望
在潔白的枕頭上
看千萬張骯髒的
蒼白的臉
重複對我大喊「生活！」

在鏡子前換盡所有醜怪的面具
儘量露出欣喜的表情
記得唯一的台詞：
「生活是甜蜜。」

房 102

和平的幾何學：
兩條互不平行直線的盡頭
必有銳角出現

他畫下整座城市的
屋簷。牆脊。煤氣管線。
無法對齊的
眼神。話題。警句。
為了那些無可避免的
鋒利的交會
反覆搬演受痛的表情

房506

「如果我將眼球割成兩半
你更願意
身在上層或是
下層的世界？」

他完整、不可分割的愛
還安安靜靜
端坐在各自孤獨的房間

房 604

多好如果人生僅是
一個夏天下午
面朝陽光的草地上
一隻來自極地的狗無法不
放心地攤開肚腹
做完一個寒冷的夢

多好如果所有分離
都只是一塊冰忘了醒來
而失去了身體

房103

他所能理解的
死亡、愛、善良
一點一點陷落的美德
一點一點完整的噩運
我所不能理解的
季節、次序、顏色
一點一點潰散的擁抱
一點一點堅硬的吻

房502

曾經也有人善待我
如同手腕上一只缺了指針的錶
空蕩、親密
時間走近
一顆黑色的太陽
而不留痕跡

房406

那時我要愛你
像一個盛夏早晨
抱緊一座冰雕
用盡所有最清冷的溫柔

靠近你直到
所有噩運，在我們之間
都失去轉圜的餘地

房間

1

我也看過陽光露出失望的樣子
醒來，在難得明朗的房間裡
被自己的呼吸刺痛
在比街燈熄滅還短的那一秒鐘
幸福是想像有人溫柔摺疊我的屍體
夾進十三歲時最愛的那本書裡

2

在比街燈熄滅還短的那一秒鐘
一隻發光的蝴蝶穿過最最黑暗的夢境
落在乾涸的水杯邊緣
害怕碰碎了整個宇宙

而不敢稍動
整整一年，他們反覆說春天會來
只是沒有任何一朵花開

3

我曾在死亡緩緩疊積的早晨許願
讓眼裡的一粒灰燼
落在乾涸的水杯邊緣
長出形狀美好的影子
我不敢睡，眼神擦得光亮
任由身體裡的年輪生長
把我吞進漩渦最溫暖的地方

506
202
104
504
605
505
307
4
301
203
206
10
502
102
507
407
503

405
402
603
303
602
201
403
107
302
105
606
106
401
601
204
404
207
501

4

有時也有邪惡的意圖
在空無一人的房子裡
重複叫喊自己的名字
露出受騙的表情

為了不被命運點名
在死亡緩緩疊積的早晨
思索一個長久的難題：
善良是接過一張假鈔而不說破
還是成為那張假鈔

5

我喜歡那些永不衰竭的
枯葉、靜默，以及睡眠
在空無一人的房子裡
反覆捶打我的身體

我喜歡那些疲憊的
善念、愛意、向光植物
在時間不曾抵達的地方
都有各自安好休息的位置

6

在時間不曾抵達的地方
願望是一支點不著的菸
冰冷、飽滿
有無辜的惡意
和節制的宿命

我那麼願意善良，那麼願意
走長長的路，到廢棄的城市裡
燃起一場一個人的瘟疫

7

在世界因陰沉而顯得可親的時候
也樂於擁抱一場一個人的瘟疫
讓胸中一千隻蝴蝶飛舞
捲起遠方最駭人的颶風

面向生命裡唯一的、無人知曉的天窗
樂於數算窗面上的灰燼
在不斷崩解的身體裡，終日
終日無法停止遺忘

8

需要豢養一種脆弱的樂觀主義：
在不斷崩解的身體裡
某日找到一道纖細而曲折的光芒
慘白如初生的根
在闃黑的土裡生長

某日穿上別人的大衣
走出別人的門
用別人的心
失去一生裡所有的幸福
而不再感到悲傷

9

直到所有盆栽都耗盡遺憾的表情
在難得明朗的房間裡
為了等待命運遞來一個包裹
反覆排練失望的眼神
並且盡力保持沉默

為了一個不曾說出口的謊言
尋找最最溫柔的字眼：
我們終將失去一生
所有未能得到的幸福

後記

忘了有多少年沒想過會有這本詩集。

甚至忘了時間的流逝。忘了曾在前一本詩集的後記裡寫，不知道自己下個七年會長成什麼樣子的人。然後恍然就過了十年。具象的十年裡我搬了七次家，其中一次相隔一萬多公里，過了幾個月連住址都沒有的日子，學了四種語言又忘了兩種，遇見許多沒想過會遇見的人，又與更多人斷了聯繫，人生前進的方向峰迴路轉換了許多次，每次也都為自己找到了足夠合宜的解釋。然而如果將記憶拼湊在一起，印象派的十年裡我大多時候只是從一個地洞抵達另一個地洞，每一次都錯覺已經到了最底。對意義的信念，對未知的樂觀，對善意的執迷，都消磨得十分乾淨。無光的桃花源裡，最大的不知不是外界的人事更迭，不是自己會長成什麼樣子，而是不知道還有沒有下一個七年。

也不知道為什麼在滿是陌生語言的國度裡仍斷斷續續寫著沒人看懂的詩，為什麼明明年少時將寫詩看得那樣重那樣不可退讓，有天停了筆也看似安然地過了幾年，又為什麼到了對詩的感情只剩下羞赧的時刻，接到一封來自遠方關於出版詩集的信，還能忍不住顫抖地立即生出做一個詩人的信心。普拉絲投海失敗之後十分悲涼地說「連海都拒絕了我」，很長一段時間裡那句話也成了我的魔障，但也許海只是在說，這還不是終點。

還不是終點，於是就再走一段，儘管終點可能只是在更深的地底。來到可以理所當然說「寫詩寫了大半輩子」的年紀，抱著這樣的心態出一本詩集，大概完全不是我開始寫詩時會料想到的處境。十多年過去，我的惶惑、憂慮、孤寂、心虛一如既往，甚至越來越難以安放，但如果沒有這些惶惑、憂慮、孤寂、心虛，我很大可能也無法跌跌絆絆地走到這裡，像沒有明天一樣地生活，坐在晴朗的院子裡寫陰鬱的詩，任性地不去想這些詩會抵達的地方。

這本詩集裡大多的詩都在流徙的生活狀態中寫成。人漂泊的時間越長，存在就越稀薄。身處異國的語言和景色裡，我常常深刻地感覺自己並不在那裡，然後艱難地意識到自己從來都不在哪裡。我在場，我也缺席，存在和不在一起變得可疑，於是春天不在春天街也顯得合理。在布魯塞爾春天街那個地窖一樣的公寓裡，我度過了實際和意義上都十分黑暗、沒有四季的一年，明白有些我以為擁有的東西，其實永遠不會得到。搬離之後，我意外地經常懷念起公寓前人行道上的腳步聲——它們日夜不歇地來回踩過我的頭頂，讓我卑微，讓我疼痛，痛到了底，也讓我溫暖，像許多我珍愛的詩裡的字。

別人的詩支持了我的存在，我自己的詩存在的意義卻經常令我質疑，但幸好總是有人比我更有能力相信。這本詩集得以存在，完全要感謝詩人達瑞的慷慨和堅持，以及一路上不厭煩為我點燈的邀稿人和讀者。地洞一樣的日子裡，大多時候我的精力只足夠花在前進，而無能看見；我的字一無所有，只剩下誠實。一九七七年，行為藝術家 Marina Abramović 和 Ulay 開著兩人住了幾個月的廂型車，在巴黎雙年展博物館前的廣場重複打轉了整整十六個小時，直到車輛報廢，車子漏出的油加上摩擦，在廣場上留下深深的黑色圓圈。三十多年後 Ulay 接受訪問，談及那件挑戰個人、關係與機械極限的作品，露出狡黠的笑容：「那個圓圈後來在原地留了十幾年。」

乍看徒勞的移動。安靜、真摯而深邃的痕跡。

那也是我對詩最大的期盼與祝福。

〔hikari〕001

春天不在春天街

作者　林禹瑄
攝影　林禹瑄

副總編輯　洪源鴻
責任編輯　董秉哲
封面設計　劉克韋
版面構成　adj. 形容詞
行銷企劃　二十張出版

出版發行　二十張出版——遠足文化事業股份有限公司
地址　新北市新店區民權路108之2號9樓
電話　02・2218・1417
傳真　02・2218・8057
客服專線　0800・221・029
信箱　akker2022@gmail.com
Facebook　facebook.com/akker.fans
法律顧問　華洋法律事務所——蘇文生律師

製版　中原造像股份有限公司
印刷　中原造像股份有限公司
裝訂　中原造像股份有限公司

出版　二〇二四年三月——初版一刷
定價　四〇〇元

贊助單位

ISBN —— 978・626・98218・22（平裝）、978・626・98019・78 (ePub)、978・626・98019・85 (PDF)

國家圖書館出版品預行編目（CIP）資料：春天不在春天街／林禹瑄 著 —— 初版 —— 新北市：
二十張出版 —— 遠足文化事業股份有限公司發行 2024.3 302 面；13 × 18 公分
ISBN：978・626・98218・22（平裝） 863.51 112022124

AKKER
二十張出版

〔hikari〕